AF240104

LES

FASTES

DU

NORD MODERNE.

LES

FASTES

DU

NORD MODERNE,

ÉPÎTRE

A CATHERINE II.

A GENÈVE.

M. DCC. LXXIII.

LES FASTES DU NORD MODERNE,

ÉPÍTRE A CATHERINE II.

JE respecte les Rois, mais j'adore les Reines.

Avant que de s'asseoir au rang des Souveraines,

Leur Empire charmant est déjà commencé;

C'est au fond de nos cœurs que leur thrône est placé.

Pour se faire obéir, il faut qu'un Roi commande;

La beauté dit un mot, l'ordre est dans la demande:

Un regard de ses yeux est un sublîme arrêt,

Et l'on peut être fier n'étant que son sujet.

Aux héroïques jours des belles Amazônes

Les Rois briguoient leurs fers, & non pas leurs courronnes ;

Et, lorsque les Titans escaladoient les cieux,

(Je suis dans le secret,) ils n'en vouloient qu'aux Dieux.

L'amour m'a révélé qu'on eût vû les Déesses

Des Titans & des Dieux également maitresses ;

Et dans leur chute, enfin, Mars & Jupin vaincus

N'eussent enveloppé ni Junon, ni Vénus.

Monarques, pardonnez ; soit dit sans vous déplaire,

On devroit n'obéir qu'aux femmes sur la terre ;

Et vous m'avouerez bien, à parler entre nous,

Que vous-même prêchez un exemple si doux.

Sans-doute, à vos sujets vous servez tous de pères ;

Mais, les pères n'ont pas la tendresse des mères.

Parcourez l'Univers ; voïez de tous côtés,

Vos peuples rarement sont des enfans gâtés.

Vous ne voulez que vaincre, en déclarant la guerre ;

Même dans ses horreurs, les Reines veulent plaire.

Aux lauriers dont leurs mains couronnent les Vainqueurs,

Elles savent encore entrelacer des fleurs;

Les vaincus, sans rougir, leur remettent les armes,

Plus délicatement Elles sèchent les larmes :

La voix de l'infortune, exhalant ses douleurs,

Pénètre plus avant dans le fond de leurs cœurs :

Leur gloire leur déplaît, s'il en est de rébelles,

Et les conquérir tous est un besoin pour Elles :

Ah ! j'ai toujours pensé, je ne m'en défends pas,

Que la coquetterie est utile aux États.

Toi, qui régis d'un mot tes immenses Domaines,

Modèle des grands Rois, & des illustres Reines,

Tu les effaces tous; Tu règnes à-la-fois,

Comme Elles par l'amour, & comme Eux par les Loix.

J'apprends que du Volga les mugissantes ondes

Roulent pour tes États les trésors des deux mondes :

Que sur ses pavillons le commerce indomté

De ta roïale main, voit écrit LIBERTE´:

Que le Bonze, le Juif, le Chrétien, le Brachmâne,

Ceux que Genève approuve & que Rome condamne,

Également admis à penser, à jouir,

Chez Toi ne sont forcés qu'à ne se plus haïr.

Sous d'éternels glaçons, le feu de ton Génie

Fait germer, dans le Nord, les Arts de l'Ausonie.

Ils désertent pour Toi le dévot Éridan,

Et volent, étonnés, au delà d'Aftracan.

Dans le hardi trajet de ses lointains voïages

Ils ne fixent partout que d'inconnus rivages,

Où déjà, sur le sâble ils trouvent effacé

Le chemin tout nouveau que PIERRE avoit tracé.

Planant, du haut du Ciel, sur ces tristes campagnes,

Comptant les vaftes Mers, les Fleuves, les Montagnes,

Les Peuples ignorans, les climats ignorés

Qui tenoient leur Empire & le tien séparés :

Ils se demandent tous ; " quelle est cette Puissance ?

" Quelle main nous transporte à cet espace immense,

" Dérobe nos clartés à ces bords long-tems chers,

" Et, soudain, les fait luir au bout de l'Univers ?

Mais, Te reconnoissant à l'éclat de ton throne,

Chacun veut d'un fleuron embellir ta Couronne ;

De son craïon léger l'un ébauche tes traits,

L'autre, une Lyre en main, célèbre tes bien-faits :

Les neuf Sœurs font *Chorus* à cette hymne nouvelle ;

La répétant pour Toi, chacune se rappelle

Un de ses favoris, ailleurs persécuté, *

Te devant le nectar qu'il boit à ta santé.

Déjà CLIO, s'armant du burin de l'Histoire ;

---

* M. M. Diderot, Falconet & tant d'autres

C

Sur un airain durable a consacré ta glóire ;

Et, de ton parallèle aux siècles confié,

PIERRE, étant le plus digne, est le plus effraïé.

HÉROS, sors de la tombe, & revois ton Empire :

Que ton orgueil se taise, & que ton cœur soupire ;

Qu'il soupire de joie, & non pas de courroux ;

Ce cœur fut assez grand pour n'être point jaloux.

Du grain, semé par Toi, quelles superbes tiges !

Même en les préparant, prédis-tu ces prodiges ?

Regarde sur ces bords, contemple dans ces lieux

Ce qu'une femme a fait, & dis ; ferois-tu mieux ?

Reconnois-tu ces murs illustrant ta mémoire,

Faits pour éterniser ton nom avec ta gloire ? *

---

* Peterſbourg.

Près d'eux, vois-tu ce Port *, par ta main commencé,

Et que profondément ton Émule a tracé ?

Vois-tu ces monts flottans, vomissant le tonnère,

Y remplacer enfin ta chaloupe légère ?

Vois-tu l'humble patron qui guida son retour,

Sur ce tillac énorme, Amiral † à son tour.

De l'Escadre, avec moi, suis les destins sur l'onde,

Et partageons tous deux la surprise du Monde.

---

* Cronstadt près de Petersbourg & que l'on peut regarder comme la clef de cette Capitale. Pour suppléer au défaut du flux & reflux on a creusé un Canal que l'on met à sec à volonté & capable de recevoir douze Vaisseaux de ligne à pleines voiles.

† L'amiral Spiridoff, qui commandoit l'escadre à la grande expédition contre la Flotte Turque, est un de ces Russes qui suivîrent le premier Nautonnier Russe (PIERRE LE GRAND) & qui, plus d'une fois, servit de pilote à la chaloupe de ce fondateur de la marine Moscovite.

Des cavernes du Nord, en vain les fiers Autans
Ont déclaré la guerre à tous les Elémens.
Du sein de la Baltique une Flotte élancée *
Aux plages des Britons est à l'inftant pouſſée.
La Tamise jalouse en recule & mûgit ;
Dans son étroit canal la Manche s'élargit ;
Gibraltar indigné voit ses flots qui s'appaisent ;
Tous les chiens de Scylla dans leurs gouffres se taisent,
Et l'Archypel entier, frappé d'étonnement,
De cette grande Époque attend le dénouement.

Dans un golphe voisin, évitant la tempête,

---

* On se promena en trainaux, dans les endroits où l'Escadre se tenoit à l'ancre six jours auparavant. Elle étoit prise par les glaces au *Sund*, si elle eût tardé de 24 heures à quitter le Golphe de la Baltique. Ce fut alors que, pour la première fois, les Matelots Russes apprîrent qu'il est possible de naviger au mois de Janvier & de Décembre.

Sur sa Flotte a paru le Croissant du Prophète;

Aussitôt, reproduit dans le cristal des Mers,

Le pavillon de sang a battu dans les airs.

'A son morne reflet les ondes se ternissent;

'A son augûre affreux les rivages gémissent;

Le ciel se voile, il gronde, & l'ange de la mort,

D'un nuage sorti, vient se placer à bord.

L'épouvantable bruit du salpêtre qui tonne

Fait sentir le trépas, même avant qu'il le donne.

Cent globes destructeurs, par sa force pressés,

De sabors en sabors comme l'Éclair lancés,

Multipliant partout les scènes de carnage

Tantôt directement vont porter le ravage,

Tantôt sous l'onde même entrouvrent les Vaisseaux,

Et, pour d'amples trépas, creusent d'amples tombeaux.

Un tems la Mort s'arrête, & semble être contente.
Sur la Flotte du Nord la palme triomphante

S'entrelace en feſtons aux cordages sanglans ;

Mais, ce repos prépare à des meurtres plus grands.

Rivage de Chysme'*, dont l'Écho lamantable

Ne redit qu'en tremblant ce jour épouvantable,

Répète moi les cris dont tu fus ébranlé ;

Fais rejaillir sur moi le sang qui t'a souillé :

A ce Chaos d'horreurs fais moi pâlir & craindre ;

Je veux toutes les voir, je veux toutes les peindre,

Dans des crânes fumans détremper mes couleurs,

Et, de leur gloire affreuse, effraïer les vainqueurs.

Déjà, de Mahomet, la Flotte dispersée

Dans le Golphe perfide est, de nuit, entassée.

---

* C'est dans le Golphe de ce nom, situé à l'Est de l'Isle de Chio, que la Flotte Turque fut incendiée en 1770.

Là, le pâle vaincu, s'échappant au trépas,

Croit voir le gouffre enfin renfermé sous ses pas,

A-peine a-t-il goûté ce retour à la vie,

Tout-à-coup, sur les eaux promenant l'incendie,

Deux mobiles ETNA de Volcans tout-couverts

S'avancent aux raïons de leurs propres Éclairs.

Des alimens de feu comblent leur flancs terribles :

Le souffre, le Goudron, les Gommes combustibles,

Font ensemble pleuvoir sur les fiers Ottomans

La flâme & la terreur, le plus fort des tourmens.

. . . Mais, quel trait siffle & part ? * La nuë étincelante

Me dérobe un instant sa courbe menaçante :

L'effroïable fusée à l'œil le reproduit,

---

* Une bombe, partie d'un des deux brûlots, tomba sur un Vaisseau Turque, & causa l'embrâsement général de l'Escadre.

Un cri d'horreur l'annonce, un Dieu vengeur le suit.

Sur le tillac il tombe, il le frappe, l'écrase ;

A la soute * infernale il parvient, il l'embrase :

Les mats, qui dirigeoient la course des Vaisseaux,

Comme d'énormes dards sont lancés sur les eaux.

Au deffaut du boulet, son foudroïant Cylindre

Frappe lui-même au but qu'il est surpris d'atteindre ;

Et l'ancre, accoutumée à maintenir au port,

Est surprise à son tour, d'aller porter la mort.

.... Mort ! as-tu, par milliers, assez pris de victimes ?

Vois-tu, de corps humains, regorger ces abîmes ?

Les meurtres répétés ont-ils lassé ton bras ?

---

* On nomme *soute*, dans un Vaisseau, chacun des compartimens du fond de cale où se gardent les provisions & les agrêts. On dit, la soute au pain, la soute aux cables, la soute aux poudres, &c, & c'est de cette dernière dont il est ici question.

Ta faulx doit être usée, à force de trépas !..*

Ah ! chassons loin de nous ces images funèbres ;
Couvrons les, s'il se peut, d'éternelles ténèbres !
CATHERINE, qu'un autre exalte ces succès,
Moi, je te louerai mieux, je croirai tes regrets.
Je croirai que versant de solitaires larmes ;
Tu maudis quelquefois la gloire de tes armes ;
Et, qu'estimant au vrai ces triomphes fameux,
Tu juges, dans ton cœur, les Rois bien malheureux.

Mais, souvent le nuage où grondoit le tonnerre
Recela dans ses flancs les trésors de la terre :

---

* Il est à remarquer que le jour où l'Impératice CATHERINE II. apprit la destruction de la Flotte Turque, Elle se rendit, avec la pompe & l'appareil le plus auguste, sur la tombe de PIERRE I, pour-lui faire homage de ce succès.

Et, tandis qu'en un point ses foudres ont frappé,

De ses fécondes eaux tout le sol est trempé.

REINE, imite le Ciel dont Tu tiens ta puissance,

Que les feux soient éteints, que la moisson commence.

Ce Ciel a bien voulu que l'Ottoman dompté

Abjurât, dans tes fers, l'affront de la Beauté.

Il étoit juste enfin que ce Sultan profâne

Païât cher tous les maux où l'ingrat la condamne :

Qu'on abbaissât l'orgueil d'un Despote jaloux,

Offrant, pour des faveurs, ses superbes dégoûts,

Marquant sa volupté par des actes de haine,

Degradant son espèce & la Nature-humaine ;

Consacrant aux soupçons de son lascif ennui

Des hommes multilés, plus HOMME encor que LUI ;

Et, qu'au Harem impur, tout souillé de ses flammes,

Au milieu de sa gloire, au milieu de ses femmes,

A leurs yeux l'enchaînant, une Femme, à son tour,

Vengeât son Sexe entier, la Nature & l'Amour.

Toi, qui l'as commencé, finis ce grand ouvrage;

Ton génie en est digne, ainsi que ton courage.

Mais, si ce fier Sultan à tes fers tend les bras,

Ôte lui ses erreurs, & rend lui ses États.

Pour clause du Traité, qui finira la guerre,

Impose lui la loi d'être heureux & d'en faire:

Échange ses langueurs contre de vrais plaisirs,

Fais raser son Sérail, & rends lui des desirs.

Pour Toi, Reine d'un Monde, attends-tu des conquêtes?

Je croirois voir Neptune acheter des Tempêtes.

Te sied-il d'un renom commun à tant de Rois?

Veux-tu, pour enchérir sur leurs dignes exploits,

Répandre plus de sang, entasser plus de cendre

Que n'ont fait Tamerlan, Gengiskan, Alexandre?

Livre à cette fureur ces obscurs Potentats,

Petits Princes honteux de leurs petits États,

Qui, suivant par ennui leur rage vagabonde,

Pour être quelque chose ont ravagé le monde.

REINE, un Dieu vient d'ouvrir les siècles devant Moi,

Et, je vais révéler ce qu'on attend de TOI.

Les millions de mortels soumis à ta puissance

Commencent, par tes soins, à chérir l'existence :

Mais, leurs yeux, presque éteints dans une longue nuit,

Semblent encore blessés du grand jour qui leur luit.

Mille ans dégénérés, dans un dur esclavage,

De la liberté même ils flétriroient l'usage :

Tel, un aliment sain, pour un corps en vigueur,

Au moribond glacé porteroit la douleur.

Hipocrate prudent, d'une main plus habile,

Tu gardes à ce Peuple un frein encore utile :

Il est malade encor ; mais, Tu le guériras,

Et, dans ses droits entiers, Tu le rétabliras.

Desirer un tel jour suffiroit à ta gloire ;

Mais, il tarde à ton cœur d'en embellir l'Histoire :

Il viendra, j'en réponds : Tu le veux ?... Il est sur.

Ah ! combien, pour tes yeux, il va se lever pur !

Quel essaim de hameaux ! quelle foule de Villes !

Que d'Êtres fortunés ! combien de champs fertiles !

Que d'encens ! d'abondance ! & de prospérité !

Quel cri d'Amour se mêle au cri de Liberté !

Poursui : De Deux mille ans avance, illuftre Reine,

Les progrès retardés de la Nature-humaine.

Confonds tous ces ingrats envers les justes Dieux,

Qui de leur ineptie osent charger les Cieux :

Qui prennent pour Romans, qui traitent de chimère

L'universelle paix des enfans de la terre,

Sans songer, qu'ici bas, on ne voit point d'abus

Qu'on ne pût reformer puisqu'ils sont tous connus,

Moins de flots sont pressés dans l'abîme de l'onde

Que d'intérêt divers ne divisent le Monde :

Oui ; mais, un seul État, un seul, tel que le Tien,

Peut les accorder tous, quand Tu le voudras bien.

ALORS, pour écouter & dire tes merveilles

Phœbus aura cent voix, le Monde mille oreilles.

Les Scythes, pour Te voir, les Tartares errans,

Eux-mêmes, à Tes pieds porteront leurs présens.

Pour raprocher de Toi leur antique contrée,

Les Chinois abattront leur muraille sacrée.

ALORS, dans l'Univers, pas un talent perdu;

Pas un plaintif soupir qui ne soit entendu;

Par les jours de Ton règne on marquera les fêtes:

En veux-Tu, CATHERINE? en voilà des conquêtes!

Dans Ton Ouvrage, ALORS, se complaira Ton Cœur;

Et, sur le thrône, enfin s'asseoira le Bonheur.

F I N.